Jonas et le mystérieux loup blanc

L'auteur : Penny Dolan habite dans le nord du Yorkshire, en Angleterre. Elle a écrit de nombreux ouvrages, dont certains sont étudiés dans les écoles anglaises. C'est également une conteuse très populaire qui visite beaucoup les écoles, les librairies et les bibliothèques. Du même auteur sont parus *Le fantôme du capitaine Harrible*, *L'étrange découverte de Jonas*, *Jonas et l'orpheline*, dans 100 % Aventure.

L'illustrateur : Wilbert Van der Steen est né en 1966 aux Pays-Bas. Il a travaillé pour la télévision et a participé à de nombreuses expositions à Amsterdam. Depuis 1995, il illustre des livres pour enfants et des livres scolaires.

À mes trois filles formidables :
Eleanor, Vicky et Daisy, avec tout mon amour.

Titre original : *The Tale of White Winter Hollow*
© Texte 2004, Penny Dolan
© Illustrations 2004, Wilbert Van der Steen
Publié avec l'autorisation de Scholastic Inc., 557 Broadway, New York, NY 10012, USA.

Loi n° 49-956 du 16 juillet 1949
sur les publications destinées à la jeunesse.
Dépôt légal : novembre 2007 – ISBN 13 : 978-2-7470-2413-6.
Imprimé en Allemagne par Clausen & Bosse.

100% AVENTURE !

Jonas et le mystérieux loup blanc

Penny Dolan

Traduit de l'anglais
par Sidonie Van den Dries
Illustré par Wilbert Van der Steen

BAYARD JEUNESSE

1
Soir de neige

Une tempête de neige avait fait rage toute la soirée ; un épais manteau blanc avait recouvert les arbres, les haies et les prés, et des flocons voltigeaient encore autour de la vieille demeure, perchée tout en haut de la colline.

À l'étage de cette maison, le nez à la fenêtre de sa chambre confortable, Jonas Jones regardait tomber la neige. Au fond d'un lointain couloir, une horloge ancienne carillonna.

– Croûton, c'est l'heure de dormir, dit Jonas. Demain matin, nous allons à Blanchebrume.

– Ouah, ouah !

Le petit bâtard à la queue courte s'approcha de son maître en trottinant et bondit sur son lit.

Peu après, le garçon et son chien s'endormirent sous une couverture douillette, bien au chaud dans le Manoir Branlant.

Plus tard, ce soir-là, dans la petite ville nichée au pied de la colline, des flocons de neige dansèrent devant une fenêtre éclairée avant d'aller se poser sur la place du marché, plongée dans l'obscurité.

Derrière cette fenêtre, dans la meilleure chambre de l'auberge, quelques chandelles découpaient sur les murs l'ombre tremblotante d'un homme à la haute silhouette. L'homme était assis à une table. Il avait le dos voûté, et ses yeux cupides étudiaient

une carte étalée devant lui. C'était une carte de la ville, de la lande et des bois environnants.

Sous sa veste de velours rouge il portait un gilet couvert de chaînettes. L'une d'elles retenait une montre de gousset finement ornée ; les autres se perdaient dans des poches remplies de minuscules tournevis, d'épingles, de clés miniatures et de toutes sortes d'outils de première nécessité. Car

Magnus Mortifer avait beau se faire passer pour un célèbre collectionneur d'art, ce n'était qu'un vulgaire escroc, doublé d'un habile voleur.

Mortifer était à la recherche d'une maison mystérieuse, que la rumeur situait quelque part aux abords de la ville.

On racontait que les vieillards qui l'habitaient étaient très, très âgés. En prison, il avait déjà entendu parler de cette demeure : un fou dans son délire avait affirmé qu'elle abritait un cristal envoûtant, d'une beauté à couper le souffle.

Mortifer avait fait le rapprochement entre ces deux histoires, et ses yeux s'étaient mis à briller. « Peut-être que cette maison renferme un cristal de vie éternelle… », avait-il songé.

En tout cas, elle cachait nécessairement un secret, et, quel qu'il fût, Mortifer avait bien l'intention de le percer. Qui sait, peut-être pourrait-il chaparder au passage quelques objets de valeur ? Un tel butin serait le bienvenu, car il était sur la paille depuis que sa chère assistante avait disparu.

Mortifer grogna à ce souvenir et reporta son attention sur un plat de poulet posé près de lui. Il attrapa une cuisse d'une main osseuse et y mordit à belles dents. Puis il reprit son travail en croquant et en mastiquant.

Soudain, il pointa un index victorieux sur la carte.

– Eurêka ! croassa-t-il, triomphant.

Mortifer souleva sa chope de bière et but une dernière gorgée avant de se traîner jusqu'à son lit.

Il s'y laissa tomber et sombra aussitôt dans un sommeil sans rêves. Sur la carte abandonnée, une tache de graisse marquait l'emplacement de la vieille demeure perchée sur la colline, à la lisière de la ville. C'était la maison dans laquelle dormaient Jonas et Croûton. On l'appelait le Manoir Branlant.

2

Une surprise

Le lendemain matin, au lever du soleil, le paysage enneigé miroitait. Tout était blanc, parfait. Personne n'avait emprunté les routes qui serpentaient autour du Manoir Branlant.

La lourde porte de la vieille maison s'ouvrit pour laisser passer Croûton, qui descendit le perron de pierre en quelques bonds et s'enfonça jusqu'au cou dans la neige poudreuse.

– Ouah ! aboya-t-il en tournant sur lui-même. Ouah, ouah !

Son petit bout de queue frétillait d'impatience.

Jonas, emmitouflé dans une grosse écharpe, sortit à sa suite et se précipita dehors.

– Croûton, par ici ! appela-t-il, amusé.

Le chien se fraya un chemin jusqu'à son maître en creusant une tranchée dans l'épais tapis blanc.

Jonas et Croûton étaient les meilleurs amis du monde. À une époque, ils avaient erré ensemble dans les rues, tristes et affamés[1]. C'étaient d'affreux souvenirs.

Aujourd'hui, cependant, tout était différent. Ils vivaient au Manoir Branlant avec les vieillards et les nombreux chiens qu'ils avaient arrachés aux griffes de Félicien Finistre, un infâme chasseur de bêtes.

---

1. Voir *L'étrange découverte de Jonas,* 100 % Aventure, n° 817.

Jonas traversa la cour en faisant crisser la neige sous ses bottes. Il contourna la grange délabrée et s'approcha d'une roulotte en bois, peinte de couleurs éclatantes, abritée contre un mur du bâtiment en ruine. Au même instant, une fille en sortit. Elle descendit les marches sonores. Ses longs cheveux roux flottaient dans son dos ; un châle épais couvrait ses épaules.

– Bonjour, Jonas ! cria-t-elle.

– Bonjour, Lizzie ! Alors, tu viens ?

– Bien sûr ! fit-elle en riant. Donne-moi juste une minute…

Sur ces mots, Lizzie Linnet s'engouffra dans la grange qui servait d'écurie à Domino, son vieux cheval, et à Cacahuète, son âne fatigué. Les deux animaux étaient trop faibles pour tirer la roulotte, mais Lizzie les aimait de tout son cœur. Elle caressa leur encolure tiède et garnit leur mangeoire de foin. Ils la remercièrent bruyamment, tandis qu'elle sortait en courant rejoindre Jonas.

Côte à côte, Jonas et Lizzie commencèrent à gravir la pente douce nappée de blanc. Croûton décrivait des cercles autour d'eux en poussant de petits jappements joyeux.

Jonas voulait faire un bonhomme de neige, et le vallon de Blanchebrume était l'endroit idéal, car la neige y était épaisse. Cependant, lorsque les deux enfants parvinrent au sommet de la colline, une surprise les attendait. Au beau milieu de l'étendue blanche, qu'ils pensaient trouver déserte, ils virent un gigantesque loup blanc aux yeux furieux.

Croûton s'assit aussitôt sur son arrière-train et se mit à gronder. Jonas saisit le bras de Lizzie, qui s'agrippa à lui. Ils osaient à peine respirer. Il leur fallut un bon moment pour s'apercevoir que le pelage de la créature scintillait et qu'elle était immobile. C'était une sculpture de neige ! Ils poussèrent un soupir de soulagement.

– Il est magnifique ! s'écria Lizzie. Qui a bien pu le faire ?

Elle regarda autour d'elle, mais la neige qui était tombée dans la nuit avait effacé toutes les empreintes.

– Ça, je n'en sais rien, fit Jonas d'un ton bourru, déçu de ne pas être le premier à fouler la neige de Blanchebrume.

Cependant il était forcé d'admettre que le loup était splendide.

Soudain, Croûton leva le museau, huma l'air et aboya. Jonas et Lizzie regardèrent dans la direction qu'indiquait sa truffe. Un ruban de fumée bleue s'élevait au-dessus d'un bosquet d'arbres, au fond du vallon. Elle provenait du cottage de Blanchebrume, une maisonnette restée longtemps inoccupée.

– Allons voir qui a emménagé, proposa Lizzie.

La queue de Croûton se mit à frétiller ; Jonas hésita un instant.

– D'accord, accepta-t-il finalement. Mais soyons prudents…

3

Délicieuse rencontre

Jonas et Lizzie s'approchèrent lentement de la maisonnette et jetèrent un coup d'œil discret par-dessus la clôture pour essayer de voir qui était à l'intérieur. Ils entendirent un cliquetis de casseroles et de marmites, et virent quelqu'un passer derrière la fenêtre. Sans un bruit, ils franchirent le portail. Puis ils allèrent coller leur nez contre les carreaux poussiéreux. Une jeune femme était debout devant le fourneau :

elle remuait quelque chose dans un grand saladier.

Croûton perçut le raclement de la cuillère et comprit qu'elle préparait à manger. Il se rua sur la porte, dont il se mit à griffer le bois vermoulu :

– Ouah ! Ouah ! Ouah !

La femme posa son saladier pour aller lui ouvrir. Elle s'agenouilla et le caressa :

– Quel adorable petit chien !

Jonas et Lizzie firent un pas en avant, embarrassés.

– On a vu de la fumée, commença Jonas.

– … et on s'est demandé qui habitait ici, enchaîna Lizzie avec son sourire le plus amical. Je m'appelle Lizzie, et lui, Jonas. On est enchantés de vous rencontrer !

La jeune femme serra la main que lui tendait Lizzie et sourit gentiment à Jonas. Croûton s'approcha de sa jupe. Il la renifla et se dressa sur ses pattes arrière pour tenter d'apercevoir ce qu'elle cuisinait.

– Entrez donc ! leur lança-t-elle d'un ton aimable. Je m'appelle Hetta.

Les cheveux de Hetta étaient relevés en un chignon désordonné et un long tablier bleu cachait ses vêtements. Des paniers et des sacs pleins à craquer, empilés dans un coin, indiquaient qu'elle venait d'emménager. Pourtant, un mur entier était déjà couvert d'esquisses et de peintures. Au fond de la pièce, Lizzie aperçut un billot de bois, près duquel étaient posés un ciseau et un marteau. Le sol dallé était jonché de copeaux.

– C'est vous ! s'écria-t-elle. C'est vous qui avez sculpté le loup !

Hetta hocha la tête.

– Ça m'a pris un temps fou, dit-elle en riant. Je l'ai commencé hier, et je suis retournée à l'aube le terminer. La neige était verglacée, ce matin. Elle était parfaite pour les finitions.

– Il devait faire un froid de canard, fit Jonas, admiratif.

– L'air était glacial, c'est vrai, admit Hetta.

– Mais pourquoi un loup ? s'enquit Jonas.

– Je ne sais pas. Je l'ai fait sans réfléchir. C'est étrange : depuis que j'habite ici, je rêve de loups. J'en ai même entendu hurler…

– On n'a jamais vu de loups par ici,

déclara Jonas. Ce devaient être les chiens du Manoir Branlant.

– Vous venez du Manoir Branlant ? s'exclama Hetta.

– Oui, bien sûr ! fit Lizzie, rayonnante.

– Oh !

Hetta parut soudain inquiète. Puis, comme pour changer de sujet, elle prit la cuillère et recommença à battre sa mixture dans le saladier.

– Vous voulez des crêpes ? leur proposat-elle.

Jonas et Lizzie sourirent, aux anges.

– Oh oui, avec plaisir !

Hetta posa une poêle sur le fourneau et y versa un peu d'huile. Quand celle-ci se mit à fumer, elle y déposa une petite quantité de pâte.

– Pourquoi êtes-vous venue vivre à Blanchebrume, Hetta ? lui demanda Lizzie en aidant Jonas à mettre des assiettes sur la table.

Hetta prit le temps de faire sauter une nouvelle crêpe avant de répondre :

– J'avais besoin d'un endroit tranquille pour travailler.

– Toute seule ? insista Lizzie en fronçant les sourcils.

– C'est parfois mieux, d'être seul...

Hetta glissa la crêpe sur les autres et indiqua aux deux enfants le bol de sucre :

– Allez-y, mangez !

– Ouah ? fit Croûton, plein d'espoir.

Hetta rit et lui offrit un délicieux morceau de crêpe. Le petit chien n'en fit qu'une bouchée et en réclama aussitôt un autre.

Tout en se régalant, Jonas s'interrogeait au sujet de Hetta. Pourquoi avait-elle paru troublée quand ils avaient mentionné le Manoir Branlant ? C'était certes une maison étrange, mais il n'y avait aucune raison d'en avoir peur. Peut-être que, si Hetta voyait leurs gros chiens, elle ne craindrait plus les loups de ses rêves...

Quelques instants plus tard, après avoir partagé la dernière crêpe avec Lizzie, le jeune garçon proposa :

– Hetta, pourquoi ne viendriez-vous pas à la maison avec nous ? Vous pourriez faire la connaissance des chiens et des vieillards…

Hetta hocha la tête et sourit ; mais elle ne semblait guère enchantée à l'idée de visiter le Manoir Branlant.

4

Inquiétudes

Jonas, Lizzie et Hetta remontèrent la colline de Blanchebrume en foulant la neige craquante. Ils s'arrêtèrent pour contempler le loup de neige, qui était splendide.

– Vous êtes très douée, dit Lizzie.

Hetta, gênée, rougit.

Croûton, qui trottinait derrière eux, s'immobilisa lui aussi. Il inclina la tête de côté et regarda la sculpture. Puis il s'approcha de la grande créature et lui renifla le museau. Sa courte queue remua.

– Viens, Croûton ! l'appela Jonas.

Le chien soupira et se hâta de rattraper les trois silhouettes pressées qui s'engageaient dans le sous-bois.

La neige couvrait les arbres, qui semblaient faits de dentelle. Sur le sol, on voyait se croiser des empreintes d'animaux et de petits oiseaux.

Au détour d'un virage, Hetta aperçut la haute tour et les toits enneigés.

– Le Manoir Branlant ! souffla-t-elle. Ainsi, il existe vraiment…

– Oui, bien sûr, lui dit Jonas. On reçoit même des visiteurs qui s'intéressent aux objets bizarres qui s'y trouvent.

Hetta pâlit à ces mots, et Jonas sentit un désagréable petit frisson le parcourir. Il se demanda si la jeune femme était digne de confiance. Se pouvait-il qu'elle soit animée de mauvaises intentions à l'égard du

Manoir Branlant et de ses habitants ? Il se rassura en se disant que Croûton l'aimait bien ; or son chien ne se trompait jamais sur les gens.

La petite troupe s'engageait dans l'allée tortueuse menant à la porte d'entrée lorsque Hetta s'arrêta de nouveau et manqua de s'étrangler.

– Oh, non… Ce n'est pas vrai ! s'écria-t-elle en les tirant en arrière.

Ils se tapirent derrière des buissons aux formes étranges. Hetta fixait le perron, comme frappée d'horreur :

– Il est déjà là ! C'est fichu !

Jonas et Lizzie mirent un moment à comprendre de quoi elle parlait. Puis ils virent un individu de haute taille, vêtu d'une cape extravagante, actionner plusieurs fois le heurtoir de la porte. Peu après, le vieil homme barbu vint lui ouvrir.

Le visiteur lui fit une révérence et se présenta d'une voix sucrée comme du miel :

– Magnus Mortifer, pour vous servir ! Je suis... hum... un célèbre collectionneur d'art que la neige a piégé dans votre contrée. Je suis venu vous implorer de me faire visiter votre maison légendaire.

Mortifer toussa, posa une main crispée sur sa poitrine et fit mine de grelotter :

– Je vous en prie, cher monsieur, laissez-moi entrer !

Le vieillard barbu s'écarta à contrecoeur pour laisser passer le visiteur.

Hetta poussa un petit cri horrifié. Elle saisit Jonas par les épaules et le regarda droit dans les yeux d'un air farouche :

– Mortifer est une menace pour le Manoir Branlant !

– Dans ce cas, venez avec nous ! s'écria Jonas. Allons prévenir les vieillards sur-le-champ.

– Non, répondit Hetta. Il ne faut pas que Mortifer me voie. Surtout pas ! Je vous expliquerai pourquoi lorsque nous nous reverrons. Revenez me rendre visite, tous les deux…

Sur ces mots, elle fit demi-tour et fila comme le vent vers la colline de Blanche-brume.

Jonas et Lizzie se précipitèrent vers le perron.

– Crois-moi, je vais avoir cette canaille de Mortifer à l'œil ! déclara Jonas d'un ton résolu. Non mais, sans blague !

– Moi aussi ! affirma Lizzie.

5

Le visiteur

Mortifer entra dans le manoir en titu-
bant et se mit à tousser de façon théâ-
trale. En passant dans le hall, il jeta un
regard plein de convoitise sur les tableaux
accrochés aux murs.

Il y avait là plusieurs portraits des
vieillards, chacun avec son chien. Ils semblaient tous plus vieux les uns que les
autres. Mortifer eut un petit sourire en
coin. Peut-être que l'histoire disait vrai…

La veste du vieil homme barbu était couverte de taches d'encre, mais il avait l'œil vif et regardait attentivement Mortifer à travers ses lunettes cerclées de fer.

Trois gros chiens, nommés Bourru, Touffu et Grise-Queue, allaient et venaient près de lui en grondant.

Jonas et Lizzie se faufilèrent sans bruit dans la maison et se cachèrent sous les capes et les manteaux accrochés au mur.

– Me permettez-vous de me reposer un instant ? demanda humblement Mortifer au vieillard.

Avec réticence, ce dernier le fit entrer dans une vaste salle tapissée de livres reliés de cuir et meublée d'un énorme bureau sculpté.

Jonas et Lizzie se glissèrent derrière une tenture, tandis que Mortifer se laissait tomber dans un fauteuil. Bourru, Touffu et Grise-Queue s'approchèrent de lui à pas feutrés sans cesser de gronder.

   – Chut ! Assis ! leur ordonna le vieil homme.

   Puis il s'adressa à Mortifer :

   – Je vous écoute, monsieur. Si vous me disiez ce qui vous amène exactement…

Mortifer fouilla dans son manteau et en sortit une liasse de lettres :

– Voici mes références…

Le vieil homme ne daigna même pas y jeter un regard. Mortifer se racla la gorge et reprit :

– J'ai entendu parler de votre maison et des fascinants trésors qui s'y trouvent… et aussi d'un cristal magique qui…, ajouta-t-il avec un sourire épanoui.

– Je regrette, Magnus Mortifer, l'interrompit le vieil homme. Nous ne possédons aucun cristal, et je suis certain que les trésors du Manoir Branlant ne vous paraî-traient d'aucune valeur. Votre visite est vaine, monsieur. Je vous prierai donc de partir.

Mortifer fut pris d'une violente quinte de toux.

– Un verre d'abord, par pitié ! implora-t-il d'une voix étranglée.

C'était le moment que Jonas attendait. Il

sortit en coup de vent de derrière la tenture.

– J'y vais ! dit-il au vieillard barbu. Res-
tez ici. Je reviens de suite.

Tandis que le vieil homme, perplexe,
regardait Jonas s'éloigner, Lizzie vit la main
de Mortifer jaillir comme une flèche de
dessous sa cape. Il s'empara d'un petit cof-
fret en argent, qu'il glissa prestement dans
sa manche.

Les chiens grondèrent sans bouger, pour
ne pas désobéir à l'ordre que leur avait
donné leur maître. Jonas réapparut presque
aussitôt avec un pichet d'eau, mais Magnus
Mortifer n'avait plus soif.

– Je dois m'en aller ! croassa-t-il en se
dépêchant de gagner la porte, tout
ragaillardi.

Jonas le regarda dévaler le perron et filer
dans l'allée, sa cape flottant derrière lui. Les
chiens l'escortèrent jusqu'au portail, puis
revinrent sur leurs pas.

Une fois seul, Mortifer laissa éclater sa colère.

— Raah ! rugit-il, le visage déformé par la fureur.

Il tenta de se calmer en songeant qu'il pourrait vendre la boîte en argent qu'il avait chapardée. Mais il n'avait rien appris sur le cristal magique, et cela le mettait en rage.

– Satanés cabots ! Je vais devoir retourner au Manoir Branlant d'une manière ou d'une autre, et alors nous verrons ce que nous verrons !

– Mortifer a volé une boîte en argent ! signala Lizzie au vieil homme barbu.

– Ce n'est pas grave, répondit-il. Ce qui compte, c'est qu'il est enfin parti. Bon débarras !

Il retourna à petits pas traînants à son bureau et trempa sa plume dans l'encrier.

– Excusez-moi, mes jeunes amis, leur dit-il, mais je dois reprendre mes écrits. À tout à l'heure, au souper.

Jonas et Lizzie se retirèrent pour laisser le vieil homme à ses occupations. Cependant, ils étaient très inquiets.

– Nous devons absolument découvrir comment Hetta connaît Mortifer, déclara Jonas.

6

Des aveux

Jonas, Lizzie et Croûton se précipitèrent au cottage de Blanchebrume. En les voyant arriver, Hetta ouvrit la porte de sa maisonnette, mais nulle odeur de crêpes ne les accueillit cette fois.

– Quel est le rapport entre Mortifer, le Manoir Branlant et vous, Hetta ? On veut tout savoir ! lâcha Jonas, aussitôt entré.

Hetta laissa d'abord planer un silence embarrassé, puis finit par avouer :

– Magnus Mortifer est mon oncle.

– Oui, et alors ? fit Lizzie d'un air sévère.

Hetta soupira et commença à raconter son histoire :

– Je suis allée vivre chez lui quand j'avais à peu près ton âge, Lizzie. Mortifer avait découvert que j'étais capable de reproduire des dessins à la perfection, et il ne cessait de me complimenter. Il m'a promis de faire de moi une grande artiste. Il m'a appris à copier certains tableaux, m'a enseigné comment fabriquer les couleurs et les glacis. Finalement, mon oncle m'a si bien instruite que mes peintures ressemblaient à s'y méprendre aux originaux. Bien sûr, il emportait toutes mes œuvres dans sa galerie…

Croûton s'approcha de Hetta et lui posa sa petite patte sur les genoux. Elle caressa tristement son poil soyeux.

– Il m'appelait sa « chère assistante » ! J'ai mis du temps à comprendre ce qu'il m'enseignait en réalité.

Lizzie avait déjà deviné :

– Mortifer vous faisait peindre de faux tableaux, n'est-ce pas ?

Hetta était rouge de honte :

– Oui ! Dès que j'ai pu, je me suis sauvée. Voilà pourquoi je me suis enfuie tout à l'heure en le voyant. S'il me trouve, il m'obligera à retravailler pour lui.

– Vous voulez dire qu'il vous fera du chantage ? demanda Lizzie.

Elle s'y connaissait en crapuleries depuis qu'elle avait sillonné le pays avec Mme Narcose et son Spectacle Médicinal[1].

– Et quel est le lien avec le Manoir Branlant ? voulut savoir Jonas. Que cherche Mortifer chez nous ?

– Il croit que vous détenez le secret de la vie éternelle…

– Donc, il va revenir et voler d'autres boîtes en argent, dit Jonas.

---

1. Voir le tome précédent, *Jonas et l'orpheline*, 100 % Aventure, n° 822.

– C'est probable, soupira Hetta. J'avais prévu de passer au Manoir pour mettre en garde ses habitants, quels qu'ils soient. Imaginez donc ma surprise quand je vous ai vus arriver chez moi, ce matin…

– Mais alors… les vieillards sont en danger ! s'exclama Jonas d'une voix inquiète. Que puis-je faire ?

– Et nous, que pouvons-nous faire ? s'écrièrent à leur tour Lizzie et Hetta.

– Ouah ! Ouah ! Ouah ! aboya Croûton en traversant à toute vitesse le jardin enneigé. Ouah ! Ouah ! Ouah !

– Oui, Croûton, tu as raison : nous devons rentrer tout de suite au Manoir Branlant, déclara Jonas en fronçant les sourcils. Tout de suite ! Et vous, Hetta, vous allez répéter aux vieillards tout ce que vous venez de nous dire.

Jonas emmena Hetta dans la vaste salle où les vieillards, assis autour du feu, faisaient griller des toasts pour le thé. Plusieurs chiens, tous différents, allongés près d'eux ramassaient les miettes tombées par terre.

Nerveuse, Hetta raconta son histoire et leur parla de Magnus Mortifer.

Les petits vieux ne parurent pas spécialement troublés.

– Sapristi, saperlotte, quelle fichue fripouille ! s'écrièrent-ils en agitant leurs cuillères de confiture et leurs fourchettes à toaster. Soyez sans crainte, jeune Hetta : nous allons ouvrir l'œil, et le bon ! Nous allons observer et attendre, et nous assurer que ce misérable Mortifer ne remettra plus jamais les pieds au Manoir Branlant. Nous avons déjà eu affaire à des gredins de son espèce !

Ils envoyèrent Lizzie préparer du chocolat chaud pour tout le monde, puis ils offrirent des amandes et des pâtes de fruits à la pauvre Hetta pour la réconforter.

Jonas craignait que ce ne soit pas aussi simple de se débarrasser de Mortifer.

Il fila en catimini et monta au sommet de la tour, dans la plus haute chambre du Manoir Branlant, à laquelle on accédait par une échelle.

Il déboucha dans une pièce circulaire, froide et toute blanche, dont les grandes baies vitrées donnaient sur le paysage enneigé des environs. En frissonnant, il se hissa sur la pointe des pieds pour atteindre l'étroite étagère qui courait sur le mur. Il en descendit un chapeau haut de forme retourné.

La gorge serrée, il le garda un instant entre ses mains, immobile. « Pourvu qu'il n'arrive rien au Manoir Branlant ! » songea-t-il, anxieux.

Une petite voix sortit du chapeau :

– Jonas ? Si tu me disais ce qui te tracasse…

Jonas regarda dans le haut-de-forme et

vit le plus vieil homme de l'univers, allongé sous une chaude couverture, qui le fixait en souriant. Le garçon soupira et lui parla du loup de glace, de Hetta et du projet de Mortifer qui voulait s'emparer de leurs trésors.

– Ooh ! Sapristi, saperlotte ! Mais ce Mortifer ne trouvera ici aucun trésor !

Le vieillard minuscule secoua la tête et fronça les sourcils :

– Bon… Jonas, peux-tu demander à Hetta de monter me voir ?

Jonas se sentit aussitôt réconforté :

– Oui, bien sûr !

Quelques minutes plus tard, Hetta grimpait elle aussi à l'échelle, Croûton sur ses talons. Elle avait été très étonnée de voir l'assemblée des vieillards en bas.

En découvrant la pièce aux murs blancs entourée de fenêtres, elle fut ébahie, et plus encore quand elle regarda dans le chapeau retourné.

– Alors, Hetta, dit le plus vieil homme de l'univers de sa voix douce et amicale. Ce Mortifer croit que le Manoir Branlant renferme un secret ?

– Oui, je pense, répondit Hetta. En tout cas, il n'arrêtait pas de parler d'un précieux cristal d'immortalité.

– Tiens, tiens ! C'est amusant, de voir comme les histoires se tissent. Lizzie possède bien un bijou de cristal, qu'elle conserve précieusement sous son oreiller. Mais il n'est précieux que pour elle, parce qu'elle le tient de sa mère. Quant à nous, les vieillards, nous n'en avons pas. Sapristi, saperlotte ! Je ne voudrais pas qu'on fasse du mal à ces enfants pour un cristal magique qui n'existe pas !

Le vieil homme réfléchit, puis il eut un sourire malicieux :

– Enfin, si c'est un cristal que ce Mortifer convoite, peut-être pourrait-il l'obtenir… Il me vient une idée.

Hetta dut se pencher au-dessus du haut-de-forme pour entendre la suite, car il s'était mis à chuchoter. Croûton dressa l'oreille, lui aussi.

– Oui ! dit soudain Hetta en riant. Ce n'est pas impossible du tout.

N'y tenant plus, Jonas monta à l'échelle

à toute vitesse, impatient de savoir ce qu'on avait décidé.

Tandis qu'il remettait le chapeau en place, le plus vieil homme de l'univers lui sourit avec bienveillance.

– Est-ce que le loup de glace est réussi ? demanda-t-il.

Jonas pensa aux yeux farouches de la créature.

– Oh oui ! dit-il. On croirait presque qu'il est vivant.

– Vraiment ? insista le vieillard d'une voix semblable à un bruissement de feuilles. Il y a bien longtemps, quand j'étais petit garçon, on racontait que des loups rôdaient dans nos bois. J'aimerais beaucoup voir ce loup blanc…

En rentrant chez elle, Hetta s'arrêta devant le torrent gelé et fixa la glace brillante en réfléchissant au plan du vieillard.

Tout là-haut, sur la colline de Blanche-brume, le loup de neige scintillait sous la lune. La nuit était de plus en plus glaciale, et les étoiles se reflétaient dans ses yeux furieux.

7

Un air de fête

Pendant la nuit, la rivière qui coulait en ville gela, et sa surface devint solide.

Dans la matinée, le maire et ses adjoints longèrent la berge à grandes enjambées en se moquant des canards patauds qui se débattaient sur la glace.

Soudain, le maire, ravi, frappa dans ses mains et déclara d'une voix tonitruante :

– J'ai une idée formidable, mes amis ! Si nous organisions une foire de la glace le week-end prochain ? Voici de nombreuses années que nous n'avons pas donné de telles fêtes…

Ses compères poussèrent des cris de joie.

– Fort bien ! s'exclama le maire. Alors, c'est décidé !

Il avait à peine prononcé ces mots qu'un grand homme vêtu d'une cape s'approcha de lui et s'inclina jusqu'à terre. C'était Mortifer, qui avait suivi les déambulations de ces personnages importants et n'avait pas perdu une miette de leur conversation.

– Félicitations, Votre Excellence ! s'écria-t-il. Une foire de la glace ! Quelle idée prodigieuse ! Permettrez-vous à Magnus Mortifer, humble historien d'art, de vous proposer une attraction inédite : un concours de sculptures de neige ?

– C'est une excellente suggestion ! s'exclama le maire, qui aimait les compliments. Mais qui jugera ce concours ? Vous, monsieur ?

– Pas moi, non ! Mais je peux vous recommander des juges de qualité, lui chuchota Mortifer à l'oreille. Les gentilshommes qui vivent au Manoir Branlant ne vous refuseront pas ce service, j'en suis sûr…

– Quel homme vous faites ! s'extasia le maire. Je vais de ce pas leur envoyer une invitation !

Mortifer était assez fier de lui. Les deux gamins du manoir descendraient forcément en ville pour assister à la fête. Quant aux vieillards, rien de tel que l'invitation du maire pour les inciter à quitter leur maison. Après leur départ, le manoir se retrouverait vide et prêt à recevoir sa visite. Une visite qu'il espérait enrichissante…

Le lendemain, Jonas et Lizzie se rendirent en ville pour faire quelques courses. Ils virent tout le monde se préparer pour la foire de la glace, qui devait commencer deux jours plus tard.

Ils arpentèrent les rues en tournant la tête de tous côtés, afin de ne pas manquer le moindre détail.

Ils montèrent la rue haute, descendirent la rue basse, et constatèrent que les boutiques arboraient de nouvelles décorations : des branches de houx toutes fraîches, du lierre et des rubans écarlates. La ville sentait déjà bon le pain d'épice, la cannelle et le clou de girofle.

La nouvelle était parvenue jusque dans les vallées des environs, et les fermiers arrivaient avec des brouettes de pommes de terre à cuire ou des paniers de châtaignes à griller. Croûton découvrit même un étal de saucisses très alléchant.

Sur la place du marché, Jonas et Lizzie aperçurent le maire et ses amis fortunés. Ils avaient tous fière allure dans leurs manteaux de fourrure, avec leurs grands chapeaux. Ils se bousculaient pour entrer dans l'auberge.

Soudain, les deux enfants se figèrent et écarquillèrent les yeux. Ils avaient cru voir parmi eux un homme de haute taille, vêtu d'une cape extravagante. N'était-ce pas Magnus Mortifer ?

Ils s'élancèrent dans sa direction, mais une charrette chargée de rondins leur barra la route. Lorsqu'ils entrèrent enfin

dans l'auberge, l'homme avait disparu. Ils échangèrent un regard perplexe et retournèrent dans la rue vaquer à leurs occupations.

Jonas, Lizzie et Croûton continuèrent leur promenade en ouvrant l'œil. Ils avaient presque oublié qu'ils étaient là pour faire des commissions…

Un peu partout, les gens se rassemblaient autour de braseros rougeoyants pour se réchauffer les mains et le visage. De petits étals et des tentes encombraient les berges de la rivière, où l'on avait aussi installé des manèges et des balançoires. Des musiciens et des cracheurs de feu affluaient ; la musique et les rires emplissaient l'air.

– Je n'ai encore jamais assisté à une foire de la glace, dit Jonas.

– Moi, j'y suis allée une fois avec Mme Narcose, lui confia Lizzie, mais je n'ai vu que la scène où je dansais.

Les amis du maire arpentaient les rues,

l'air important. Ils étaient équipés de longues cannes et tapotaient la glace de la rivière de temps à autre pour s'assurer qu'elle était assez solide.

– Regarde, Jonas ! fit Lizzie en pointant le doigt.

Une partie de la rivière gelée avait été entourée de cordes pour délimiter une patinoire. Des patineurs s'y entraînaient déjà, vêtus de costumes éclatants. Une affichette collée sur un poteau annonçait un grand concours de patinage.

– Hourra ! J'ai hâte d'y participer ! s'écria Lizzie en se jetant au cou de Jonas, ce qui embarrassa beaucoup le garçon.

Autrefois, Lizzie chantait et dansait sur scène avec des saltimbanques. Même si elle ne regrettait pas du tout la terrible vie qu'elle menait alors, les applaudissements de la foule lui manquaient.

– Tu crois que je serai bonne ? demanda-t-elle.

UN AIR DE FÊTE

– J'en suis sûr ! dit Jonas. Tu seras excellente !

Jonas était convaincu que personne ne pouvait égaler Lizzie au patinage. En tout cas, pas lui.

Un peu plus tard, alors qu'ils traversaient la place du marché, chargés de sacs et de paquets, ils virent une seconde affiche placardée sur un mur de l'auberge :

Attraction inédite à la foire de la glace !

Grand concours de sculptures de neige.

Bienvenue à tous les participants !

– Je tenterais bien ma chance, murmura Jonas.

– Tes bonshommes de neige sont superbes, l'encouragea Lizzie.

– Oh, mais je sculpterai quelque chose de beaucoup plus intéressant qu'un bonhomme de neige, déclara-t-il.

Ils pensèrent aussitôt à Hetta et à son

talent, puis de nouveau à l'horrible Mortifer.

– Ce n'était pas lui, tout à l'heure, n'est-ce pas ? essaya de se rassurer Lizzie.

– Non, je ne crois pas, dit Jonas en soupirant.

Cependant, il aurait bien aimé en être vraiment sûr...

8

L'invitation

Pendant que Jonas et Lizzie étaient en ville, un des adjoints du maire monta péniblement au Manoir Branlant. Il remit aux vieillards une enveloppe cachetée à la cire rouge. Elle contenait une lettre à l'écriture pleine de volutes, qui provenait du maire en personne. Il leur demandait d'être juges au concours de sculptures de neige.

– Sapristi, saperlotte, c'est très intéressant ! s'écrièrent les petits vieux.

Le vieil homme barbu hésitait :

– Pensez-vous que ce soit une bonne idée ? Est-il bien sage de laisser notre maison sans surveillance ?

Mais les autres se régalaient à l'avance à la perspective de visiter la foire de la glace.

– C'est un très grand honneur ! Il nous faudra simplement enfiler nos manteaux les plus chauds, dit le très vieil homme.

– C'est un honneur extrêmement grand ! N'oublions pas de mettre nos cache-cols ! ajouta le très, très vieil homme.

– C'est un honneur excessivement grand ! Et nos sous-vêtements en flanelle, compléta le très, très, très vieil homme.

– C'est un honneur incroyablement grand ! Nous pourrons même glisser des patates chaudes dans nos poches pour nous réchauffer les mains ! dit le très, très, très, très vieil homme.

— Bon, si vous êtes décidés, je vais préparer le traîneau pour descendre en ville,
déclara le vieil homme barbu.

— N'oublions pas, signala le très vieil

homme, que notre Jonas aime faire des sculptures de neige...

– Il participera sûrement à la compétition, ajouta l'homme extrêmement vieux.

– S'il apprend que nous sommes les juges, il risque d'avoir le trac, souligna l'homme excessivement vieux.

– En effet, fit l'homme incroyablement vieux d'une voix incroyablement fluette. Et ce serait dommage.

– Sapristi, saperlotte ! Et si nous ne lui disions rien ?

Cette idée fit l'unanimité, et tous se mirent à rire.

– Entendu : faisons-lui la surprise !

Ils avaient tout de même quelqu'un à prévenir. C'est le vieil homme barbu qui s'en chargea. Il monta tout en haut de la maison, dans la plus haute chambre, et descendit le haut-de-forme de son étagère pour parler au plus vieil homme de l'univers de l'invitation qu'ils avaient reçue.

– Si cela vous tente, allez-y, répondit le plus vieil homme de l'univers. Je ne risque rien, au fond de mon chapeau.

Tout en redescendant l'échelle, le vieil homme barbu se demanda si c'était bien sûr.

Pendant ce temps, Hetta s'était acquittée de la tâche que lui avait confiée le plus vieil homme de l'univers. Elle retourna au Manoir Branlant, et le vieillard barbu la fit entrer. Elle dépassa les sculptures anciennes et les tableaux, monta l'escalier de pierre, l'escalier de bois, les marches étroites et, pour finir, l'échelle menant en haut de la tour.

– C'est moi, Hetta ! dit-elle en se hissant dans la pièce toute blanche.

Sa respiration formait de petits nuages dans l'air froid. Elle vit le ciel clair du matin par les grandes baies vitrées et l'étagère qui courait sur le mur. Elle alla prendre le chapeau avec mille précautions.

– Bonjour, monsieur ! fit-elle en souriant.

Le plus vieil homme de l'univers lui rendit son sourire :

– Bonjour à toi, Hetta ! As-tu apporté notre attrape-canaille ?

– Oui, le voilà !

Elle sortit un écrin de dessous son manteau et l'ouvrit. Il contenait un cristal étincelant, qui fit danser au plafond un millier d'arcs-en-ciel.

– Mille mercis, jeune Hetta ! murmura le vieil homme. Laissons-le là, dans un courant d'air froid, et espérons qu'il nous sera utile si Mortifer revient…

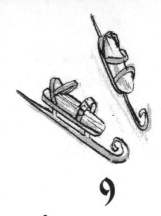

9

Des anges et des concours

En sortant du Manoir Branlant, Hetta rencontra Jonas et Lizzie, qui avaient plein de choses à lui raconter au sujet de la foire de la glace.

Ils l'accompagnèrent jusqu'au cottage de Blanchebrume, et Jonas ne cessa de bavarder pendant tout le trajet. Lizzie, elle, demeura silencieuse. Lorsqu'ils arrivèrent devant la maisonnette, elle posa une main sur le bras de Hetta :

– Tu viendras me voir patiner, Hetta ? S'il te plaît !

– Je suis désolée, Lizzie, mais je ne peux pas. Mortifer traîne peut-être dans les parages…

Le visage de Lizzie s'assombrit.

– Pfff ! Je savais que je ne devais pas te le demander ! grommela-t-elle.

– Le soleil brille. Si on en profitait pour faire des anges de neige ? proposa Hetta.

Lizzie ne put résister à cette idée.

Ils trouvèrent une étendue de neige poudreuse et se laissèrent tomber sur le dos en riant, puis écartèrent les jambes pour dessiner des anges aux longues robes. Enfin, ils tendirent les bras de chaque côté et les agitèrent de bas en haut, afin de creuser de grandes ailes dans la neige.

Croûton courait autour d'eux en jappant. Il sauta sur le ventre de Jonas, et l'ange du jeune garçon exécuta une drôle de petite danse. C'était très amusant !

Lorsqu'ils se relevèrent, ils admirèrent les formes qu'ils avaient tracées. Le ciel prenait des teintes violettes et dorées. Il était temps de rentrer.

Les enfants embrassèrent Hetta.

– S'il te plaît, viens à la foire de la glace ! l'implora de nouveau Lizzie.

Hetta secoua la tête, et Lizzie, renfrognée, s'éloigna d'un pas furieux vers le Manoir Branlant.

– Lizzie déteste demander une faveur à quelqu'un, expliqua Jonas à Hetta juste avant qu'ils ne se séparent. La nuit, elle rêve encore des mauvais traitements que Mme Narcose lui infligeait avec sa canne d'ébène. Comme elle te l'a demandé deux fois, j'imagine qu'elle a très envie que tu viennes.

Hetta secoua tristement la tête.

– Je ne peux pas, Jonas, dit-elle d'une voix tremblante.

Le silence retomba bientôt sur la colline de Blanchebrume.

Le loup de glace, resté seul au milieu de l'étendue blanche, semblait aux aguets.

En aidant les vieillards à préparer le dîner, ce soir-là, Jonas remarqua qu'ils étaient excités par un mystérieux projet. Cependant, comme il réfléchissait à sa sculpture, il ne prit pas la peine de les interroger.

Le matin de la foire arriva enfin, et Jonas se précipita vers la roulotte ; Lizzie en jaillit comme une flèche en brandissant une paire de patins à glace. Elle portait une de ses vieilles robes à paillettes, sous un châle de laine bien chaud. La robe était usée et rapiécée, mais, si Lizzie patinait assez vite, personne ne s'en rendrait compte.

– Croûton ! C'est l'heure ! crièrent-ils d'une seule voix en voyant le petit chien sortir du Manoir Branlant.

Ils prirent un raccourci pour descendre en ville, mais la route était quand même longue.

Le soleil brillait dans le ciel comme un bouton de cuivre, et le paysage était d'un blanc aveuglant.

Lorsqu'ils arrivèrent sur la place du marché, il était midi passé. Des bannières et des drapeaux flottaient le long de la rivière, et déjà plusieurs sculptures de neige ornaient la glace.

Jonas et Lizzie s'arrêtèrent pour scruter la foule. Ils pensaient encore à Mortifer.

Ils sursautèrent en voyant une haute silhouette se découper dans l'obscurité d'une allée, mais ce n'était qu'une vieille femme portant un balai en genêts. Elle

débarrassait les rues des pelures de châtaignes et des miettes de pain d'épice.

Lizzie aida Jonas à amasser un gros tas de neige à l'endroit où il voulait faire sa sculpture. Lorsque ce fut chose faite, le garçon entreprit de tracer des lignes au sol avec une pierre pointue. Il n'avait pas du tout l'intention de faire un banal bonhomme de neige.

– Tu viendras me voir patiner ? lui demanda Lizzie.

– Bien sûr, fit Jonas en levant les yeux de son ouvrage. Je vais guetter la cloche annonçant le début de la compétition. Entraîne-toi bien !

Jonas travailla sans relâche à sa sculpture. Quand elle fut terminée, il avait devant lui une maison qu'ils connaissaient bien, étincelante et majestueuse avec sa tour unique.

– Qu'est-ce que tu en penses ? demanda-t-il à son chien.

– Ouah ! fit Croûton en tirant sur les lacets des bottillons de son maître, car la cloche sonnait.

Jonas se fraya un chemin jusqu'à la patinoire délimitée par des cordes. Tandis que Lizzie glissait sur la glace, une élégante silhouette masquée vêtue d'une longue cape de velours apparut aux côtés du garçon.

– Ouah ! aboya Croûton, tout excité. Ouah ! Ouah !

– Bonjour, Croûton ! Bonjour, Jonas, murmura une voix familière derrière le masque. Bonne chance, Lizzie !

– Hetta ! fit Lizzie dans un souffle.

– J'étais obligée de venir, chuchota Hetta.

Lizzie lui adressa un sourire radieux, puis s'élança sur la piste. Le cœur léger désormais, elle tourbillonna et virevolta avec brio, et termina son numéro par un stupéfiant triple salto. Le public l'applaudit à tout rompre, convaincu qu'elle était la meilleure patineuse. Lizzie glissa triomphalement vers la barrière et ôta ses patins.

– Tu as été merveilleuse ! la félicita Hetta en serrant sa cape autour d'elle. Je dois partir, mais je m'arrangerai pour vous retrouver tout à l'heure, près des sculptures de neige…

Sur ces mots, la jeune femme fit demi-tour et se fondit dans la foule.

Jonas et Lizzie flânèrent le long de la rivière en s'arrêtant çà et là pour admirer des étals. Cependant, Jonas n'était pas tranquille et jetait sans arrêt des coups d'œil à droite et à gauche.

Croûton allait et venait, filait comme une fusée entre les bottes et les chaussures, les roues des charrettes et les patins des traîneaux, et reniflait avec méfiance les odeurs inhabituelles.

Depuis la fenêtre de sa chambre à l'auberge, Mortifer regardait les sculptures de neige en se frottant les mains.

Il avait remarqué la petite réplique du Manoir Branlant, qui se distinguait parmi une foule de bonshommes de neige ventrus. Ainsi, ce garnement participait à la compétition ! Tant mieux ! Il était désormais doublement certain que les vieillards descendraient en ville, et que le Manoir Branlant serait prêt à recevoir sa petite visite.

10

Panique à la foire

La foire de la glace battait son plein.
Une foule bruyante encombrait les rues.
Des percussionnistes et des joueurs
d'orgue de Barbarie se mêlaient aux jon-
gleurs, aux cracheurs de feu et aux diseurs
de bonne aventure. Des vendeurs bran-
dissaient des écharpes tricotées, des
vestes en patchwork et de fantastiques
chapeaux. Lizzie admira un masque doré
décoré de plumes et de sequins, mais il

était beaucoup trop cher pour qu'elle puisse l'acheter.

En se régalant de marrons chauds, les deux enfants regardèrent défiler la parade du carnaval d'hiver. Croûton aboya très fort à la vue d'une reine des glaces, haute comme un arbre, qui passa devant lui en oscillant. Pour le rassurer, lorsqu'un bonhomme de neige géant s'approcha d'eux, Jonas lui montra les pieds humains qui sortaient du costume.

Ils grimpèrent dans un bateau-balançoire aux couleurs éclatantes, installé au bord de la rivière. Il suffisait de tirer sur des cordes pour s'élever dans les airs ; c'était merveilleux ! De là-haut, ils virent le maire et son escorte qui faisaient le tour de la ville. Ils découvrirent les étals, les toits et les rues, et même la longue route sinueuse qui menait au Manoir Branlant.

– Le traîneau ! s'écria soudain Jonas, stupéfait.

Le grand traîneau du Manoir Branlant descendait la colline à vive allure. De loin, il paraissait minuscule, et les chiens ressemblaient à des fourmis.

Avant que le bateau ne redescende, Jonas eut le temps d'apercevoir le conducteur et quatre silhouettes blotties les unes contre les autres, à l'arrière. C'étaient les vieillards !

Chaque fois que le bateau-balançoire remontait, le traîneau était plus proche de la ville. Jonas constata qu'une voiture à cheval avait quitté la cour de l'auberge et roulait à bride abattue vers le manoir. Un frisson glacé le parcourut. Mortifer ! Il était sûr que Mortifer était dans cette voiture.

– Croûton ! Lizzie ! cria-t-il, affolé. Si tout le monde est parti, qui garde le Manoir Branlant ?

– Sapristi, saperlotte ! Vive le vent ! fit un chœur de voix joyeuses.

L'énorme traîneau ancien glissait vers la ville en faisant tinter ses clochettes d'argent. Bourru, Touffu et Grise-Queue, équipés de harnais, couraient devant. C'était le vieil homme barbu qui les dirigeait.

Les petits vieux du Manoir Branlant étaient assis derrière lui, vêtus de grands manteaux et emmitouflés dans des couvertures de voyage.

Les chiens les plus âgés, assis près d'eux, se contentaient de renifler l'air tandis que les plus jeunes trottaient à côté de l'équipage en aboyant. Les vieillards poussaient des exclamations ravies chaque fois que le traîneau prenait un virage dangereux.

Soudain, une voiture qui montait la côte à grande vitesse fit un brusque écart pour les laisser passer. Cependant, ils s'amusaient tant qu'ils ne pensèrent pas à regarder qui la conduisait.

Le crépuscule tombait lorsque le traîneau traversa la foule en liesse pour rejoindre les berges de la rivière, où se tenait le concours de sculptures. Une multitude de bonshommes de neige les y attendait, ainsi qu'une autre sculpture, fort différente.

– Sapristi, saperlotte, voyez-vous ça ! s'exclamèrent les vieillards en se frottant les yeux.

Éclairé par des torches et des lanternes vacillantes, le petit Manoir Branlant fait de neige resplendissait. Ils n'eurent aucun mal à deviner qui l'avait sculpté. C'était leur Jonas Jones, forcément !

Le maire s'avança pour saluer les nouveaux juges.

– Nous vous remercions pour votre invitation, Votre Excellence ! lui répondirent-ils. Elle nous a fait grand plaisir !

– Ce n'est pas moi qu'il faut remercier, messieurs, fit le maire. C'est Magnus Mortifer, éminent historien d'art, qui m'a soufflé vos noms.

— Qui ça ? demandèrent les vieillards, saisis d'horreur.

— Magnus Mortifer, répéta le maire. Merci infiniment d'être venus !

— De rien ! Nous repartons sur-le-champ ! s'écrièrent les vieillards.

— Mais… et le concours ? insista le maire.

— Jugez-le vous-même ! répondirent les petits vieux en faisant faire demi-tour aux chiens. Nous avons une affaire urgente à traiter !

Le maire leur fit de grands signes d'adieu. « Après tout, se dit-il, c'est moi le meilleur juge, ici ! » Très content de lui, il s'en fut vers la rivière de sa démarche la plus solennelle.

Hetta, qui arrivait près des sculptures de neige, entendit tinter les clochettes du traîneau. Elle le vit faire demi-tour, remarqua les mines consternées des vieillards et devina que quelque chose ne tournait pas rond. Elle s'élança derrière l'attelage et eut tout juste le temps de sauter sur les patins, à l'arrière, avant qu'il ne prenne de la vitesse.

Pendant ce temps, Jonas et Lizzie, hors d'haleine, avançaient péniblement dans la neige, Croûton sur leurs talons. Ils n'en finissaient plus de gravir cette colline interminable, de contourner les bosses et d'enjamber les haies. Ils n'étaient encore qu'à mi-chemin du Manoir Branlant et désespéraient d'arriver à temps pour empêcher la catastrophe.

– S'il vous plaît..., murmura Jonas d'une voix étranglée en trébuchant pour la centième fois. S'il vous plaît, faites qu'il ne soit pas trop tard !

11

Sauve qui peut !

Mortifer jubilait. Son plan avait fonctionné à merveille et la lourde porte du Manoir Branlant ne lui avait guère résisté. Il arpentait à présent les couloirs de la vieille demeure à grands pas, sa cape battant derrière lui comme des ailes. Les vieillards étaient en ville, et il pouvait chercher le cristal magique sans être dérangé.

Le visiteur allait de pièce en pièce en fourrant dans ses poches tous les bibelots de valeur qui lui tombaient sous la main : un ancien manuscrit par-ci, une sculpture de jade par-là, une flûte en argent, une rare amulette en or… Il s'emparait de tout ce qui lui plaisait et qu'il pouvait cacher dans un pli de sa cape. Tout en se servant, il continuait de fureter, car il cherchait autre chose : un objet extraordinaire.

Mortifer monta l'escalier de pierre, l'escalier en bois, les marches de guingois, et même l'échelle menant au dernier étage de la tour. Il arriva dans une pièce blanche, fraîche et silencieuse, pleine de fenêtres, et remarqua par terre une boîte qui l'intrigua. Il l'ouvrit, fébrile, et découvrit un magnifique cristal miroitant !

– Je l'ai trouvé ! exulta-t-il. Enfin ! Le cristal de vie éternelle. Il est à moi ! À moi !

Il empocha la boîte d'un geste vif et s'apprêta à partir sans se douter qu'il était tombé dans le piège que lui avait tendu le plus vieil homme de l'univers.

Hélas, à ce moment précis, tout bascula. Un grain de poussière monta en tourbillonnant de la cape de Mortifer et se posa dans le chapeau retourné sur l'étagère. On entendit aussitôt un éternuement aigu.

Mortifer tourna la tête avec un méchant rictus et alla chercher le haut-de-forme. Il fut très surpris d'y découvrir un vieillard minuscule, reposant sous une chaude couverture.

– Qui diable êtes-vous ? grommela-t-il.

– Sapristi, saperlotte, je n'en sais rien ! fit une petite voix vexée.

Un sourire rusé se peignit sur le visage du malfaiteur :

– Bah ! ça m'est égal, après tout. J'emporte le cristal magique, et vous avec.

– Oh ! Sapristi, saperlotte ! Ce n'est pas ce qui était prévu, marmonna le plus vieil homme de l'univers tandis que le voleur descendait les escaliers avec son butin et filait dans la nuit.

Magnus Mortifer sauta dans le traîneau. Il secoua les rênes, et le cheval partit au galop. Au pied de la colline, le voleur tourna le dos à la ville et s'enfuit en longeant la rivière.

Jonas et Lizzie étaient toujours en chemin. Croûton trottinait de toute la vitesse de ses petites pattes derrière Jonas, qui volait plus qu'il ne courait. Lizzie s'était débarrassée de ses patins dans un fourré pour être plus rapide.

– Plus vite, plus vite ! les pressait Jonas.

Le froid leur piquait les mains et le visage. Des buissons et des branches les griffaient au passage.

Ils arrivèrent enfin au portail du Manoir Branlant et remontèrent l'allée au pas de course. Parvenus au pied des marches, ils s'aperçurent que la porte était grande ouverte.

Lizzie, épuisée, se laissa tomber à terre. Jonas entra dans la maison et traversa en trombe toutes les pièces.

Il monta les escaliers quatre à quatre, puis l'échelle jusqu'au sommet de la tour, et constata avec horreur que son pire cauchemar s'était réalisé. Le chapeau n'était plus sur l'étagère. On avait volé le plus vieil homme de l'univers !

— Maudit Mortifer ! s'écria-t-il en tournant les talons.

Il retraversa la vieille demeure comme s'il avait le diable aux trousses. De retour sur le perron, il s'effondra près de Lizzie. Il était à bout de souffle et tremblait d'épuisement. Il n'était pas capable de faire un pas de plus, et encore moins de se lancer à la poursuite de Mortifer. Il poussa un cri étranglé et se mit à marteler le sol de ses poings.

— Qu'est-ce que je peux faire, Croûton ? Qu'est-ce que je peux faire ? gémit-il, désespéré.

Croûton s'approcha de lui et le renifla. Jonas passa les bras autour de son cou.

— Qu'est-ce que je peux faire ? répéta-t-il, le nez dans sa fourrure soyeuse.

Le petit chien se frotta un instant contre sa main, puis se tortilla pour se libérer. Il alla se poster sur la plus haute marche du perron, agita sa courte queue, leva la tête et se mit à aboyer, aboyer, aboyer. Ça n'avait rien à voir avec ses « ouah ! ouah ! » habituels. C'était un cri puissant, qui voyageait très loin dans l'air glacial. Jonas et Lizzie le regardèrent, perplexes.

Croûton continua d'aboyer en s'arrêtant par moments pour écouter, les oreilles dressées, comme s'il attendait une réponse.

12
Le loup blanc

Soudain, Croûton poussa un petit jappement satisfait :

– Ouah, ouah !

Jonas sentit une présence avant même de lever la tête. Quand il se redressa, il n'en crut pas ses yeux. Au beau milieu de l'allée enneigée se tenait une grande créature, une espèce d'énorme chien blanc. Au début, Lizzie et Jonas crurent reconnaître la sculpture de glace de Hetta. Puis ils virent sa fourrure frémir dans le vent, ses yeux dorés, et comprirent qu'il s'agissait d'un vrai loup blanc, en chair et en os. Un loup blanc comme la glace, blanc comme la neige, blanc comme tous les hivers d'antan.

Croûton renifla et fit quelques pas hésitants vers le visiteur. Lentement, majestueusement, le loup blanc s'avança lui aussi, et les deux animaux se saluèrent, nez contre nez. Puis ils regardèrent Jonas et Lizzie avec impatience.

– Ouah ! aboya Croûton. Ouah, ouah !

Jonas se demanda ce qu'ils voulaient. Aussitôt il comprit. Il attrapa la main de Lizzie pour l'aider à se remettre debout et l'entraîna vers le loup blanc.

La créature poussa un grognement guttural et s'aplatit au sol. Avec un mélange de crainte et de respect, les deux enfants grimpèrent sur son dos puissant.

Jonas enfonça les doigts dans l'épaisse fourrure du loup, au niveau de l'encolure.

Il sentit les muscles de l'animal se raidir et resserra son étreinte. Lizzie l'imita. Alors, le loup se releva et s'élança dans la nuit sur les traces de Mortifer.

Croûton courait près de lui aussi vite qu'il le pouvait, bondissant sur la neige et la glace. Jonas oublia bientôt que ses

jambes le faisaient souffrir et se laissa griser par la vitesse. Lizzie se mit à chanter, tout excitée elle aussi.

Lorsqu'ils arrivèrent devant un profond fossé, le loup blanc s'arrêta. Il regarda Croûton. Le petit chien, épuisé, gémit faiblement. Jonas se pencha pour le recueillir dans ses bras, et l'énorme créature repartit.

Le loup, aux aguets, courait en agitant les oreilles. Il poussa un hurlement, et son cri sauvage se répercuta d'une colline à l'autre. Un aboiement lui répondit bientôt, puis d'autres, et d'autres encore, comme si tous les chiens des environs avaient accepté de se joindre à la chasse.

Une meute s'assembla peu à peu, telle une armée d'ombres, et battit la campagne en hurlant.

Jonas pensa au plus vieil homme de l'univers, et son cœur se serra. Parviendraient-ils à rattraper Mortifer ? Il entendit tinter des clochettes et songea qu'un traîneau était en route, quelque part dans la vallée.

Le cheval de Mortifer dérapa sur une plaque de verglas ; la voiture bascula et alla s'encastrer avec un bruit sourd dans un tas de neige, barrant ainsi la route.

Le méchant homme ne s'en soucia pas, pas plus que de la pauvre bête emprisonnée entre les roues. Un cheval frais attelé à un traîneau l'attendait non loin de là, sur la glace de la rivière. Encore un peu de patience, et il serait riche !

Mortifer descendit tant bien que mal sur la rive et s'aventura sur la glace, son lourd manteau chargé de son butin se balançant à chaque pas. Il continuait d'agripper le bord du chapeau retourné. Le haut-de-forme avait été ballotté dans la course, pourtant le plus vieil homme de l'univers s'y trouvait toujours.

Soudain, les ténèbres s'emplirent d'un hurlement sinistre, et Mortifer vit briller dans le noir d'innombrables pupilles. Un énorme loup sortit en bondissant du sous-bois. Il était blanc comme la neige ; son poil luisait sous la lune.

Le loup géant s'avança en dardant sur lui des yeux brûlant de colère et découvrit des dents scintillantes.

Sur son dos se tenaient une fille, un garçon et un chien, que Mortifer reconnut aussitôt.

Le loup se baissa ; les cavaliers mirent pied à terre et lui tapotèrent affectueusement la tête.

Le petit chien trottina sur la glace ; Mortifer ne le remarqua pas, car il ne quittait pas le loup des yeux. Celui-ci grondait et ne cessait d'avancer vers lui. Il s'arrêta soudain et banda ses muscles, prêt à bondir.

Mortifer fit volte-face et se mit à courir vers son traîneau.

– Rendez-moi le chapeau ! lui cria Jonas. Je vous en prie, rendez-le-moi.

– Pas question ! ricana le voleur. Je possède le cristal d'immortalité à présent. J'ai besoin de ce chapeau et de son contenu pour prouver son pouvoir.

– Donnez-moi le vieil homme ! l'implora de nouveau Jonas.

Le loup blanc s'approcha encore. Le cheval de Mortifer, effrayé par le chœur des hurlements et des grondements, piaffait et roulait des yeux terrifiés. Il hennit, arracha son licou et s'enfuit au galop dans la nuit.

– Sale canasson ! cracha Mortifer, furieux.

La gueule du loup s'entrouvrit, comme s'il souriait.

Peu après, on entendit tinter des clochettes, et le traîneau du Manoir Branlant fit son apparition sur la berge. Il ralentit, puis s'arrêta. Une femme masquée en descendit. Lizzie se précipita à sa rencontre.

Mortifer profita de la confusion pour s'enfuir à toutes jambes vers un coude de la rivière. Jonas cria et voulut s'élancer à sa poursuite, mais le loup blanc saisit son manteau entre les dents.

– Reste où tu es, Jonas ! lui cria le vieil homme barbu.

Le loup blanc le lâcha, ouvrit ses énormes mâchoires et poussa un hurlement de rage. Ce cri affreux courut, telle une vague, en direction de Mortifer et fit vibrer la glace sous ses pieds. Puis le loup s'arrêta et attendit, comme si quelque chose allait se produire.

13

Tel est pris qui croyait prendre

Ce hurlement terrifiant glaça les os de Mortifer. Il lui rappela tous ses méfaits passés : les ruses et les manigances auxquelles il s'était livré, les chagrins qu'il avait causés…

Pourtant, il se contenta de ricaner et de regarder derrière lui avec un sourire mauvais. Sur la berge, tout le monde était immobile, comme pétrifié. Même le loup blanc semblait hésiter à le suivre.

Mortifer ricana de plus belle et s'éloigna encore.

On entendit alors un affreux craquement, et, comme au ralenti, de grandes fissures se dessinèrent sur la glace.

Dans un geste frénétique, Mortifer balança au loin le chapeau maudit, qui entama une longue glissade. Puis il vida ses poches de son butin pour s'alléger.

Peu à peu, toute la surface gelée se fissura et se morcela. Des zébrures d'eau noire s'infiltrèrent dans la blancheur.

– Non ! hurla Jonas en suivant avec effroi la trajectoire du chapeau. Non ! Non ! Non !

– Ouah ! Ouah ! Ouah ! aboya Croûton avant de s'élancer ventre à terre sur la glace craquelée.

Le petit chien sautait courageusement d'un glaçon à l'autre. Arrivé devant le haut-de-forme, il le saisit par le bord et, en quelques bonds prudents, le rapporta aux pieds de Jonas.

Le jeune garçon était sans voix. Il prit le chapeau et regarda dedans. Le plus vieil homme de l'univers était toujours là !

Les yeux de Jonas se remplirent de larmes de soulagement. Le loup blanc gronda pour lui conseiller de rejoindre la rive. Le garçon obéit, tout joyeux, en portant le chapeau.

– Imbéciles ! Vous ne m'aurez pas ! grinça Mortifer.

Il tira une boîte de dessous son manteau, l'ouvrit et brandit un cristal brillant.

– Voici ce qui me sauvera ! cria-t-il à tue-tête. Je possède le cristal d'immortalité !

Tout le monde admira, bouche bée, le splendide cristal qui brillait de mille feux.

– C'est vrai ? demandèrent Lizzie et Jonas d'une seule voix.

– Hélas, non ! murmura le plus vieil homme de l'univers. Attendez, et vous verrez.

La mystérieuse femme retira son masque. C'était Hetta.

– Non, Oncle Magnus ! s'écria-t-elle d'une voix dure, mais empreinte de tristesse. Ce cristal ne te sauvera pas ! Tu m'as appris la ruse, et aujourd'hui elle se retourne contre toi.

On entendit alors un nouveau craquement, plus sinistre encore que les précédents, et Mortifer vacilla. Il poussa une exclamation d'horreur en s'apercevant que le cristal fondait au contact de ses doigts.

C'était un faux, un glaçon adroitement sculpté ! De l'eau gelée ! Et c'était l'œuvre de Hetta ! De Hetta qui s'était échappée ! De Hetta qu'il cherchait, justement.

Il lâcha un cri plein d'amertume.

– Menteurs ! lança-t-il aux vieillards. Vous prétendiez posséder un trésor au Manoir Branlant...

– Pas du tout ! se défendirent les petits vieux. Nous vous avons dit la vérité, mais vous avez refusé de l'entendre. Les seuls trésors que nous avons au manoir s'appellent Jonas et Lizzie !

– Ouah ! Ouah ?

– ... et Croûton ! ajouta le vieil homme barbu en souriant. La cupidité vous a aveuglé, Magnus Mortifer !

Le voleur se débattait sur un morceau de glace ballotté par les eaux furieuses. Sa voix se fit implorante :

– Mais... le secret ? Le secret ? Quel est votre secret ?

– Oh ! Sapristi, saperlotte ! Nous n'en savons rien ! répondirent les vieillards en chœur.

Le visage de Magnus Mortifer se figea dans un dernier rictus. Il tomba en arrière et fut englouti par un tourbillon d'eau noire.

Hetta se prit la tête entre les mains et se mit à sangloter. Lizzie lui passa un bras autour des épaules.

– Tu es libre désormais, Hetta, murmura-t-elle. Libre !

Hetta hocha lentement la tête.

L'énorme loup blanc était toujours là. Son haleine formait comme un halo autour de lui, et il observait tranquillement Jonas de ses yeux dorés. Peu à peu, la rivière s'apaisa ; sa surface durcit de nouveau.

Alors, sans un bruit, les chiens rassemblés sur la berge firent demi-tour et s'enfoncèrent dans la nuit. Jonas regarda les vieillards, Hetta et Lizzie remonter sur le

traîneau. Le vieil homme barbu lui fit un signe de la main :

– Tu viens avec nous, mon garçon ?

Jonas secoua la tête et indiqua du menton le chapeau retourné, qu'il n'avait pas lâché.

– On vous suit, dit-il.

Il tremblait encore, même si le pire avait été évité.

Le traîneau s'éloigna en faisant tinter ses clochettes. Hetta et Lizzie étaient debout sur les patins arrière ; leurs écharpes flottaient dans le vent.

Lorsque le calme fut revenu, Jonas et Croûton se mirent lentement en route pour le Manoir Branlant, emportant le plus vieil homme de l'univers.

Le loup blanc cheminait derrière eux.

De quoi parlèrent Jonas et le vieillard, quels secrets partagèrent-ils ? Nul ne le sait. Lorsqu'ils atteignirent enfin la vieille maison perchée sur la colline, Jonas se tourna vers le loup blanc.

– Merci, lui dit-il. Merci pour ton aide.

Le grand loup posa sur lui ses yeux bienveillants. Puis il salua le petit Croûton d'un grondement sourd et s'éloigna lentement sous les arbres.

14
Réconfort

Lorsque Jonas arriva au Manoir Branlant, un bon feu brûlait dans la cheminée et on se restaurait autour de l'âtre. Hetta servait du chocolat chaud à la ronde ; Lizzie faisait griller de petits cubes de guimauve et les mettait dans les tasses.

Le vieil homme barbu écrivait un poème en l'honneur du loup blanc. Le très vieil homme dessinait une créature touffue sur son carnet de croquis. L'homme extrêmement vieux et l'homme excessivement vieux composaient ensemble une chanson faite de hurlements. Seul l'homme incroyablement vieux semblait assoupi, un livre sur les genoux.

Tous furent heureux de voir Jonas.

– Bienvenue ! Bienvenue ! s'écrièrent-ils. Viens te joindre à nous !

– J'arrive !

Jonas sourit, mais ne s'arrêta pas. Il monta tout en haut de la maison, jusqu'à la pièce blanche au sommet de la tour.

Croûton grimpa tant bien que mal à l'échelle derrière lui.

Alors, le chapeau haut de forme dans les mains, Jonas regarda le ciel, où la lune luisait telle une pièce de six pence en argent, et où les feux d'artifice de la foire de la glace explosaient de couleurs. Il contempla les bois sombres et les prés enneigés, puis se tourna vers la colline de Blanchebrume, blanche comme un loup.

– Je me suis rappelé l'histoire que j'ai entendue quand j'étais petit garçon, Jonas, murmura le plus vieil homme de l'univers. Elle racontait qu'une magnifique créature viendrait à notre secours, si un jour le Manoir Branlant était en danger. Enfin... Tout le monde savait que ce n'était qu'une légende.

Il eut un petit rire, semblable à un grelot.

– Qu'en penses-tu, Croûton ?

– Ouah ! Ouah ! aboya Croûton en agitant joyeusement la queue.

Jonas rit à son tour.

Il posa le chapeau sur l'étagère avec précaution et, accompagné de Croûton, redescendit pour faire la fête avec les autres.

Le loup blanc sortit du sous-bois, monta sur la colline de Blanchebrume et observa longuement la statue de glace. Puis il secoua sa fourrure couverte de givre et s'éloigna à pas feutrés vers le vallon.

Le plus vieil homme de l'univers, bien au chaud dans son chapeau, fut le seul à entendre le long hurlement victorieux qui s'éleva alors dans l'air glacial.

FIN

Tu as aimé ce livre ?
Alors lis vite les autres histoires
de la collection 100 % AVENTURE !